밤 그리고
별이 기다리고 있음을
나는 안다

헤르만 헤세 필사집

H Hesse

밤 그리고
별이 기다리고 있음을
나는 안다

찬란한 은둔자 헤르만 헤세,
그가 편애한 문장들

문예춘추사

〈일러두기〉

1. 헤르만 헤세의 시와 산문에서 발췌한 글을 수록한 필사 책입니다.
2. 독자의 편의를 위해 작품의 장르를 '시'와 '수필'로 명기해 두었습니다.
3. 산문의 경우 지면에서 보기 좋도록 행을 바꾼 부분도 있습니다.

(차례)

1부

생의
페이지 위에

밤의 위로

저녁이 따스하게 감싸 주지 않는
힘겹고, 뜨겁기만 한 낮은 없다.
무자비하고 사납고 소란스러웠던 날도
어머니 같은 밤이 감싸 안아 주리라.

가능성에 대하여

수천 갈래의 길이 있다.
그것들은 밖에서 보기에는 알 수 없는
어둡고 신비로운 원시림을 통과하여
수천 가지의 목표 지점으로 독자들을 이끌어 간다.
그런데도 그 어떤 목표도 최후의 것이 아니다.
모든 목표 뒤에는 또다시 새로운 지평이 열려 있다.

나를 위로하는 손길

잠은 자연이 주는 귀중한 선물이자 친구이며,
피난처이고 마법사이자 나를 따스하게 위로해 주는 손길이다.
오랫동안 불면증에 시달리면서 잠깐 조는 정도만으로도
만족하는 사람들의 고통을 보면 나는 너무 가슴이 아프다.
그렇지만 또한 평생 동안 잠 못 이루는 밤을
단 한 번도 경험해 보지 않은 사람도
절대로 사랑할 수 없을 것 같다.

우주의 리듬

시간은 흘러간다.

그러나 지혜는 그 자리에 머물면서 형식과 의식을 바꾼다.

그러면서도 늘 같은 사실에 근거한다.

인간이 자연의 섭리 안에 있다는 것,

우주의 리듬 속에 배치되어 있다는 사실을 잊지 않는다.

길 위에서

베일에 가려진 삶의 마지막 진실을
공경심 가득한 눈빛으로 바라보게 되는 이 길에서,
우리는 그 어느 때보다 더 진지하고 깊게 생각하며
인내심을 발휘하게 된다.

혼돈

흰색과 검은색도 착각이고
삶과 죽음도 착각이며 선과 악도 착각이다.
당신에게는 일몰로 보이는 것이
내게는 일출로 보일지도 모른다.
그 두 가지 모두 착각이다.
지구가 하늘 아래 떠 있는 원반이라고 생각하는 사람은
일출과 일몰을 눈으로 보고 또 믿는다.
그리고 거의 모든 사람들이
지구가 그와 같은 원반 모양이라고 믿고 있다.
그러나 정작 별들이 뜨고 지는 것을 알지 못한다.

명상

우리가 받아들일 줄 모르고 사랑할 줄 모르며
고맙게 받아 마실 줄 모르는 것은 모두 독이다.
그리고 우리가 사랑할 수 있고
우리의 삶이 받아들일 수 있는 것은
모두 생명이며 큰 가치를 지니고 있는 것들이다.

시도의 발견

결국 삶은
우리가 불가능해 보이는 것을
다시 시도해 볼 수 있고
희망이 없어 보이는 것을
새로운 욕구와 열의로
추진할 수 있는 곳으로
끊임없이 우리를 되돌려 놓는다.

작별하는 마음

고마운 마음으로 우리는 떠나야 한다.
이 땅의 한바탕 유희에서
세상은 우리에게 기쁨과 고통을 주었고
많은 사랑을 주었다.
세상이여, 안녕.

시간의 벼랑에서

어딘가 조금은 낯설고 진지하며,
예전보다 늙어 보이는 부모님의 얼굴에는
사랑과 근심, 그리고 약간 서운한 감정이 배어난다.
손을 뻗어 마주 잡을 손을 찾아 헛된 몸짓을 하기도 한다.
곧 커다란 슬픔과 외로움이 몰려오고,
다른 사람들의 모습도 눈앞에 아른거린다.
가슴 졸이고 답답한 기분으로 보내는 그런 시간들은
우리를 우울하게 만들고는 한다.

사랑한다는 것

사랑에 빠지는 것은 쉽지만
진정으로 누군가를 사랑한다는 것은
참으로 어렵다는 것을 우리들은 너무나 잘 알고 있다.
진정한 가치를 지닌 것들이 대개 그러하듯
사랑은 돈으로 살 수 있는 것이 아니기 때문이다.

영혼의 틈

모든 것이 빠르고
정신없이 변하는 우리 생활에서
감각으로 느끼는 삶과
영혼으로 느끼는 삶이 뒤로 물러서고,
추억과 양심의 거울 앞에
우리 영혼이 당당히 얼굴을 드러내는 시간은
놀라울 정도로 짧게 느껴지기 마련이다.

외로운 밤에

인간의 삶은
어둡고 슬픈 밤과 같아서
가끔 번개라도 쳐서
잠시나마 주변의 어두움을
당당하게 물리친 것처럼
보이게 해 주지 않으면
잘 견뎌 내기가 쉽지 않은 것 같다.
아무런 위로도 되지 못하는 어두움은
우리 일상에서 반복되는 끔찍한 일일 뿐이다.

불면증

불면증은 경외심을 배울 수 있는 최고의 학교다.

모든 사물에 대한 경외심,

초라한 삶에 시간이 지날수록

점점 더 분위기를 고조시키는 향기에 대한 경외심,

시나 다른 예술적 활동을 위한 최고의 조건으로서의 경외심.

불면증에 시달리는 사람이 침대에 누워 있는 모습을 떠올려 보라.

그에게 시간은 조용히, 몸서리쳐지도록 조용하면서도

천천히 흐른다.

고통이란

행복과 고통은 우리의 삶을 함께 지탱해 주는 것이며
우리 삶의 전체라고 할 수 있다.
고통을 잘 이겨 내는 방법을 아는 것은
인생의 절반 이상을 산 것이라는 말과 같다.
고통을 통해 힘이 솟구치며 고통이 있어야 건강도 있다.
가벼운 감기로 인해 어느 날 갑자기 푹 쓰러지는 사람은
언제나 '건강하기만' 한 사람들이며
고통받는 것을 배우지 못한 사람들이다.
고통은 사람을 부드럽게도 만들고,
강철처럼 단단하게도 만들어 준다.

마지막 한 걸음

세상에는 크고 작은 길들이 너무나 많다.
그러나 도착지는 모두가 다 같다.
말을 타고 갈 수도 있고, 차로 갈 수도 있고
둘이서 아니면, 셋이서 갈 수도 있다.
그러나 마지막 한 걸음은
혼자서 가야 한다.
그러므로 아무리 어려운 일이라도
혼자서 하는 것보다
더 나은 지혜나
능력은 없다.

수백만의 순간

꿈을 꾸듯 내게 찾아왔던
수많은 기억의 순간들을 떠올려 본다.
그렇게 많은 낮, 그렇게 많은 저녁,
그렇게 많은 시간들, 그렇게 많은 밤.
그 모든 것들은 내 인생에 10분의 1도 채우지 못한다.
다른 것들은 다 어디로 갔을까?
수천의 낮, 수천의 저녁,
수백만의 순간들은 내게 아무런 흔적도 남기지 않고,
다시 기억으로 돌아오지 않은 채 어디에 있는 것일까?
모두 다 가 버렸다. 다시는 돌아오지 않을 길로.

열망과 향수 사이

아침과 저녁 사이에 낮이 있듯이,
나의 삶도 여행을 떠나고 싶은 열망과
고향을 그리는 향수 사이에서 흘러가고 있다.
아마 나는 언젠가 여행을 떠나지 않아도 괜찮은 상태가 되어
그 안에서 살아갈 것이다.
그리하여 굳이 여행을 떠나서 이상을 현실화시킬 필요도 없이
여행하며 보고 들었던 많은 영상들은
고스란히 내 안에 남아 있을 것이다.

또 다른 환상

향수鄕愁란 아름다운 것이다.
그리고 나는 그것을
결코 감상적이라고 무시하며 우습게 여기지 않는다.
오히려 감정과 환상들은 일정한 한계 내에서
힘과 아름다움과 가치를 지니고 있다.
그러나 그 한계를 넘으면
다시금 김빠진 싱거운 것이 되고 곧 부패한다.
그럴 때는 우리들 영혼의 마르지 않은 심연으로부터,
또 다른 환상들과 다른 느낌들이 솟아 나오도록 해야 한다.

선물

이미 지나가 버린 날들의 쾌락을 되새기는 것은
그 맛을 다시 곱씹는 일일뿐만 아니라
행복의 모습, 그리움의 기억,
천상의 모습으로 승격한 추억들을
항상 새롭게 즐길 수 있도록 가르쳐 준다.
삶에 대한 놀라운 열정과 따스한 온기, 그리고 눈부신 햇살이
그 짧은 순간에 얼마나 많이 표현되는지 알고 있는 사람이라면
새로운 날에 주어지는 선물을 가능한 한
순수하게 받아들이려고 할 것이다.

두려움

인간은 수많은 것들에 대해 두려움을 가지고 있다.
아픔, 다른 사람의 판단, 자기 자신의 마음,
잠드는 것과 깨어나는 것, 혼자 있는 것,
추위, 광기, 죽음에 대해 두려워한다.
그러나 그 모든 것들은 가면에 불과하다.
실제로 사람이 두려움을 갖는 대상은 한 가지뿐이다.
몸을 내던지는 것, 미지의 세계로 뛰어드는 것,
안전했던 모든 것을 뿌리치고 훌쩍 몸을 던지는 것이다.

벗에게 보내는 편지

이런 암울한 시간에도
사랑하는 벗이여, 나를 허락해 다오.
기분이 상쾌하든 우울하든
난 삶을 결코 탓하고 싶지 않았다.
햇빛과 악천후는
둘 다 하늘의 얼굴.
달콤하든 씁쓸하든, 운명은
내게 훌륭한 영양이 되리니.

용기와 성장

본능에 충실한 삶과 우리가 의식하고 싶어 하고,
의식하려고 노력하는 것 사이에는 언제나 깊은 괴리가 있다.
그 괴리를 좁힐 수는 없지만,
그 사이를 뛰어넘는 것은 수백 번도 가능하다.
그럴 때마다 항상 용기가 필요하며
뛰어넘기 전에는 공포가 우리를 엄습한다.
미리부터 마음속의 동요를 억누르거나
'미친 짓'이라는 등의 말을 입에 올리지 말라.
오히려 그 동요에 귀를 기울이고 그것을 분명하게 인식하라!
모든 성장은 그러한 상태와 결부되어 있으며
고난과 고통 없는 성장은 있을 수 없다.

생의 페이지 위에

지구와 태양은 또다시 나를 위해 돌고 있다.
푸른 하늘과 구름, 호수와 숲은 오늘도 여전히
나의 생생한 눈에 비치고 있다.
또다시 내 소유가 된 세상은 내 심장 위에서
다양한 음색으로 마법의 음악을 연주하고 있다.
다채로운 내 삶을 기록하는 이 생의 페이지 위에
나는 한마디 말을 적어 넣고 싶다.
그것은 '세계'나 '태양'같은 말,
마법과 음향으로 가득 차고 더 충만하며 더 풍부한 말,
완전한 성취와 완벽한 지식의 의미를 지닌 말이어야 한다.

시간

시간은 참으로 묘하다.
그것은 자기 내면으로 고통받으며,
세상을 더 힘들고 복잡하게 만드는
섬세한 발명품이자 정련된 도구다.
인간이 간절히 원하고 소원하는 것들은
언제나 그 고약한 발명인 시간에 의해서만 분리되었다.
그것은 스스로 자유로워지고 싶은 사람이
거칠게 앞으로 달려 나가기 위해
집어던져야 할 목발이고, 부목이다.

인내

인내는 사람에게 있어 가장 어려운 고행이다.
하지만 그것은 가장 힘든 일이면서
그와 동시에 유일하게 배울 가치가 있는 일이다.
이 세상의 자연과 성장, 평화, 번영, 아름다움은
모두 인내에 바탕을 두고 있으며
인내는 시간과 침묵, 그리고 신뢰를 필요로 한다.

여행의 즐거움

태양이 황금빛 가득한 모습으로
시골길 위를 비추고 있는 모습이 눈에 들어오기 시작했다.
호수 위에는 검은 나룻배 한 척이 눈처럼 하얀 큰 돛을 달고
유유히 스쳐 가고 있었고, 나는 그 모습을 보면서
인간의 삶이 얼마나 덧없는지에 대해 생각하고 있었다.
그러자 갑자기 모든 계획이나 결심, 소망,
깨달음 따위가 사라졌다.
그리고 그 자리에는 다시 여행을 하고 싶다는 욕구가 샘솟았다.
그 욕망은 결코 치유할 수 없는 것이었다.

기적

현실적이고 흠 없이 완전하며 불의에 굴복하지 않는 사람에게
세상은 공명정대한 곳이 된다.
신은 끊임없는 기적을 보여 주면서 자신의 존재를 증명한다.
즉 밤이 되면 날씨는 차가워지고, 작업 시간이 완료되는 저녁에는
그 분위기에 맞게 황혼이 지면서 붉은빛이 자줏빛으로 넘어가는,
마치 마법과 같은 기적을 보여 주는 것 말이다.
또 한 인간의 얼굴이 수천 번의 변화를 일으키는 밤하늘처럼
미소를 지으며 변하는 것도 기적이다.

책의 세계

그들은 처음에는 이 세계가 튤립이 핀 화단과

작은 금붕어들이 노니는 연못이 있는

아름답고 자그마한 유치원이라고 간주했다.

그러다가 점차 그 유치원은 공원이 되고,

이어 멋진 풍경이 있는 도시가 된다.

그리고 더 나아가 이 지구상의 일부가 되고, 세계가 된다.

그러고는 마침내 천국이 되는 것이다.

그처럼 책 속에서는 늘 새로운 것들이

우리를 마법처럼 유혹하고 늘 새로운 색채로 빛난다.

그대들에게

나는 그대들에게 가르치고 싶었다.
살아 있는 모든 것들과 진정으로 형제가 되고
삶이 사랑으로 가득 차도록.
또한 고뇌와 죽음이 그대들에게 다가오면
더 이상 두려워하지 말고 다정한 형제처럼
애정을 가지고 받아들이도록.
나는 그것을 찬송가나 고상한 노래를 부르는 것처럼
꾸미고 싶지는 않았다.
단순하고 진실하게,
객관적으로 표현할 수 있기를 바랐다.

2부

외롭게
성장해 나가는
이들에게

예술가란

내가 예술가라고 생각하는 사람이란
삶을 살아가면서 스스로 성장하고 있는 사람들,
자기가 쓰는 힘의 근원을 알고
그 위에 자신만의 고유한 법칙을 쌓아 올리는 것을
꼭 해야 한다고 느끼는 사람들을 말한다.

외롭게 성장해 나가는 이들에게

우리 작가들은 여러 방면으로 해야 할 일들이 많지만
무엇보다도 우리 시대를 살아가고 있는 사람의 아픔을
언어로 표현해야만 하는 중요한 과제를 안고 있다.
우리는 그것을 다른 사람의 입을 통해 듣는 것이 아니라
스스로 그 고통을 경험해야만 제대로 표현할 수 있는 것이다.
우리의 표현이 격앙되거나 감성적이거나 고통스럽거나
우습거나 혹은 불평불만처럼 보일 때가 있더라도
그렇게 하는 것이 혼자서 외롭게 성장해 나가는 사람들을
조금이라도 위로해 주고 도와준다는 의미를 지니기에
그렇게 해야 한다.

수채화

날씨가 아름답고 멋진 그림을 그릴 수 있도록
약속해 주는 것 같은 조짐이 보이는 날에는,
나이 든 내 가슴속에도 다시 저 옛날
어린 시절 방학 때 맛보았던
즐거움이 다시 밀려든다.
무언가 다시 준비해서 해내고 싶은 작은 욕구를 느낀다.
그런 느낌이 들면 나에게는 모두 좋은 날이다.

그리운 필체

더 소중하고 귀한 것은 내 부모님의 필체였다.
어머니의 필체는 마치 새가 비상하듯이 힘들이지 않고,
완전히 해체되어 물처럼 흐르는 듯한 달필이었다.
그러면서도 크기가 아주 일정하고 뚜렷하게 쓰는 사람을
어머니 말고는 보지 못했다.
어머니는 마치 펜이 스스로 달리는 것처럼 쉽사리 써 나갔다.
그렇게 글을 쓰는 어머니는 늘 즐거워했고,
그런 어머니의 필체를 읽는 사람도 누구나 즐거워했다.

내면의 문

한 시인의 작품을 진실로 읽을 줄 아는 사람은,
지성적이거나 도덕적인 결과들을 기대할 필요도 없고,
물을 필요도 없이 그 작품에서 작가가 주려는 것을
순순히 받아들일 준비가 되어 있는 독자다.
그런 독자에게 시인의 작품 속에 들어 있는 언어는
독자가 바라는 모든 대답을 해 준다.

마지막으로 도착하는 곳에서

예술가의 종착지이자 목적지는 이제 더 이상
예술 행위나 작품이 아니라 자기 자신을 잊고 단념하는 것,
그리고 영혼의 평온함을 누리며 기품 있게 존재하기 위하여
콤플렉스에 사로잡혀 늘 고뇌하고
편협한 시각으로 세상을 바라보는
자아를 희생하는 것이다.

감내하는 힘

아이헨도르프는 위대한 사상가는 아니었다.

화가 르누아르도 특출하게 심오한 사람은 아니었다고 추측된다.

그러나 그들은 자신들이 할 일을 알고 있었다!

그들은 할 말이 많든 적든 간에, 내면의 것을 완전하게 표현했다.

그렇게 할 수 없는 사람은 먼 곳으로

떠나면서까지 계속해서 연습했다.

매번 다시 시도했고 포기하지 않았다.

그 자신도 그것을 할 수 있을 때까지.

그에게도 어떤 행운이 다가올 때까지.

음악

만약 음악이 없다면 우리의 삶은 어떻게 될까!

꼭 콘서트 같은 거창한 것을 찾아가지 않아도 된다.

그저 피아노 건반을 살짝 눌러 보거나 휘파람을 불어 보거나,

콧노래를 흥얼거리며 노래 한 곡조를 부르는 것으로도 충분하다.

혹은 아무런 소리를 내지 않더라도

기억에 남는 음악 한 곡조를 기억해 내는 것으로도 족하다.

수필

· · ·

슬픈 낙원의 사람들

'쇼펜하우어'라고 말해 보라.
그러면 이 세상에서 고뇌하는 인간들의 모습이 떠오를 것이다.
밤에 잠 못 이루면서 고뇌하는 것을 신성하게 여기며
진지한 얼굴을 한 사람들,
무한히 고요하고 겸허하면서도
슬픈 낙원으로 이끌어 가는
멀고 험한 길을 배회하는 사람들,
그런 사람들의 모습 말이다.

낱말

우리 같은 사람들에게 낱말들이란,

화가에게 있어서는 팔레트 위에 짜 놓은 물감과 같다.

그 낱말들의 수는 한이 없다.

그리고 늘 새로운 낱말들이 생겨난다.

그러나 정말로 좋은 낱말은 수가 그리 많지 않다.

게다가 나는 지난 70여 년 동안

새롭고 좋은 낱말들이 생겨나는 것을 보지 못했다.

화가 역시 마음에 드는 물감 색이 무수히 많지는 않겠지만

그 물감이 가지고 있는 미세한 차이와

그것들을 혼합해서 만들어 낼 수 있는 색깔은 셀 수 없이 많다.

감각하는 기쁨

영원히 흐르는 강물과도 같은 그러한 언어에서
듣는 사람은 기쁨과 지혜, 재미와 감동을 얻는다.
그리하여 인간은 자신에 대한 의심을 언제든지 극복할 수 있으며
감각 덕분에 자신이 존재할 수 있는 것이라고 생각하게 된다.
왜냐하면 '감각'이라는 것은 바로 당연한 것의 일치,
혹은 세상의 혼란을 통일과 조화로 예감할 수 있는
정신의 능력이기 때문이다.

미학을 누리는 일

사실 우리가 찾으려고 하는 것들은 대부분 인간적인 것이다.
나는 아름다운 산을 보면서 그 산이 아니라 나 자신을 느낀다.
나의 관찰 능력, 산의 모습이 주는 아름다움을 느끼는 감각까지
향유하는 것이다.
나는 낯설고 아름다운 풍경을 볼 때에도
결코 그 모습 그대로만 즐기지 않는다.
내가 그 속에 들어가 나의 여러 감각과 사고 능력을 동원하여
그것이 주는 다양함을 향유하는 것이다.

시인이 된다는 것

시인이 된다는 것은
그에게는 가시밭길의 삶을 가는 것처럼 보인다.
그러나 만약 그가 저편에 있는 영혼의 영역으로 들어가면
그때는 이야기가 달라진다.
그때는 모든 방향에서 단어들이 마치 마법처럼 줄지어
그에게 흘러들어 온다.
별들의 음향이 들리고, 산들이 미소를 짓는다.
세계는 완전해져 신의 언어가 된다.
그 안에는 빠져 있는 단어도 문자도 없다.
그곳에서는 모든 것을 말할 수 있고,
그곳에서는 모든 것이 울려 퍼진다.
그곳에서는 모든 것이 구원받는다.

정오의 예감

정오가 되자 나는 예감했다.
오늘 저녁에도 그림을 그리게 될 것이라고.
지난 며칠 동안은 바람이 불었고
오늘 저녁 무렵이 되면서 하늘은 점점 더 수정처럼 맑아졌다.
아침에는 구름이 끼어 있었는데 말이다.
부드럽지만 약간은 잿빛을 띤 공기가 다가왔다.
마치 부드러운 베일을 두르고 꿈을 꾸는 것처럼.
저녁때쯤에 햇빛이 점점 기울어지면서
주위는 너무나도 아름답게 변할 것이다.
아, 나는 이 사실을 잘 알고 있었다.

오늘의 음악

오늘 나를 기다리고 있는 음악이 어떤 것인지 나는 알지 못한다.
그래서 나는 즐거운 예감으로 가득 차 있으며
어떤 음악인지 미리 알고 싶은 마음이 들기도 한다.
오늘 들을 음악이 무엇인지 알고 싶어서
혼자 마음속으로 상상하는 것도 꽤 재미있다.

담백한 깨달음

나는 시인이 되고 싶었지만 시민이 되려고도 했다.
예술가가 되고 싶었고 환상적인 인간이 되고 싶었으면서도
보통의 미덕을 갖추고 고향에 정착하는 삶을 누리려 했었다.
그러나 사람은 그 두 가지를 다는 이룰 수 없고,
가질 수도 없다는 것을 알게 되기까지는 꽤 오랜 시간이 걸렸다.
나는 유목민이지 농부가 아니라는 사실,
무언가를 찾는 사람이지
무엇을 보관하고 있는 사람이 아니라는 것을
알게 되기까지 말이다.

예술가의 언어

시인은 화가를 부러워한다.
화가의 언어는 색채이기 때문이다.
화가는 색채를 가지고 북극에서 아프리카에 이르기까지
모든 사람들이 똑같이 이해할 수 있는 말을 만들어낼 수 있다.
또 시인은 음악가를 부러워하기도 한다.
음악가는 자신의 도구인 음을 가지고
역시 모든 사람들이 이해할 수 있는
언어를 만들어내기 때문이다.
단순한 멜로디의 조화부터
수백 개의 음색을 지닌 오케스트라에 이르기까지
음악가의 언어는 다양하다.

자연이 쓴 글씨

그러나 사람만이 글을 쓰는 것은 아니다.

손이 없이도 가능하며,

펜과 붓, 종이나 양피지가 없이도 글을 쓸 수 있다.

바람도 글을 쓸 수 있고 바다, 강, 시냇물도 글을 쓸 수 있다.

동물들도 글을 쓸 수 있고 땅도 글을 쓸 수 있다.

만약 이 지상의 어느 곳에서

땅이 이마를 한 번 찡그려 강의 흐름을 막아 버리면

작은 언덕이나 도시는 넘치는 강물에 쓸려가 버린다.

그처럼 맹목적인 힘들에 영향 받는 모든 자연 현상을

자연이 쓴 글씨라고 여길 줄 아는 능력을 지닌 것은

오직 인간의 정신뿐이다.

즉 인간만이 그들이 생각하는 것들이 자연으로 표현된 것을

바라보고 해석할 수 있다.

감동을 느끼는 일

온몸으로 음악을 향유하는 일도 역시
나름의 학습이 필요한 일이기는 하지만,
음악이 주는 감동에 공감하는 것은
감각적으로 아주 섬세한 감수성이 할 수 있는 일이지
교양을 쌓는다고 누구나 가능한 일은 아니다.

자연으로부터

우리는 찾아 나서는 데 그치지 말고 발견해야 할 것이다.
우리들은 판단할 것이 아니라, 바라보고 이해하고 호흡하고
받아들인 것을 가지고 다시 작업해야 할 것이다.
힘, 정신, 의미, 가치들.
그런 것들은 숲으로부터, 가을의 초원 지대로부터,
빙하로부터, 그리고 노란 이삭이 핀 들판으로부터,
모든 감각을 통해서 우리들 안으로 흘러 들어와야 할 것이다.

수필

3부

지상의
경이로움

마주하는 자연

자연은 모든 형상을 담는 언어이며
다양한 색깔을 표현하는 상형 문자이다.
오늘날 자연 과학이 고도로 발달했음에도,
우리들은 세계를 진실되게 바라볼 준비가 제대로 되어 있지 않다.
또 그렇게 바라볼 수 있도록 길들여져 있지도 않다.

진정한 관계

누구나 자신이 지닌 고유의 능력을 가지고
삶을 살아가야 할 것이다.
어떤 사람은 예술가로서,
어떤 사람은 자연 과학자로서,
어떤 사람은 철학자로서,
각자 자기가 쌓은 교양에 맞는 수단을 가지고
움직여야 할 것이다.
우리들은 단지 우리의 육체뿐만이 아니라,
우리의 본질도 세계를 향해 있다는 것을 느끼고,
그 세계 안에 우리가 속해 있음을 깨달아야 할 것이다.
그럴 때 비로소 우리들은
자연과 진정으로 관계를 맺게 되는 것이다.

지상의 경이로움

내 눈앞에 실제로 펼쳐진 산과 숲들이,
그 아름다운 그림책 속에서 보았던 것보다
훨씬 더 변화가 많고 찬란한 것임을 보았다.
나는 태어나 처음으로 이 지상의 경이로움을 목격했다.
그리고 동시에 달콤하고 부드러운 애정을 느꼈다.
그 애정은 훗날에 가서 다시 되살아났고 그 후로 나는 종종
어디론가 훌쩍 떠나 버리고 싶은 유혹을 느끼고는 한다.

· · ·

어디에서나 아름답다

사람들은 이따금 '자연'이
그들에게 아무것도 주지 않는다고 말한다.
자연과 그들은 아무런 관계가 없다는 것이다.
그러나 말은 그렇게 하는 사람들일지라도
이른 봄의 태양을 보면 즐거워하고,
여름날의 태양에는 게을러지며,
공기가 후텁지근할 때는 나른해지고,
눈바람이 불면 다시 생생해진다.
그것만으로도 이미 그들은 자연과 관계를 맺고 있는 것이다.

구름

구름들은 영원히 방랑하는 것들,
모든 이상과 갈망, 향수의 영원한 상징이다.
또한 그것들은, 땅과 하늘 사이에서 수줍으면서도 꿈꾸듯,
그리고 저항하듯 매달려 있다.
그처럼 인간들의 영혼도 시간과 영원 사이에서
수줍어하고 꿈꾸면서, 그리고 저항하면서 매달려 있다.

가을로 가는 길목에서

여름과 가을 사이에 맛볼 수 있는 이런 날들을
나는 어린 시절부터 무척이나 사랑했다.
이 시기가 되면 자연의 부드러운 소리들을
모두 받아들일 수 있는 감수성으로 다시 충만해지기 시작한다.
온갖 색채들이 작열하는 이 짧은 세계에 대한 호기심이 인다.
그래서 나는 사소하게 벌어지는 하찮은 일들에까지도
모두 사냥하듯이 귀를 기울이고 눈을 크게 뜬다.

나무들

나무들은 언제나 나의 시선을 가장 많이 끄는 설교자였다.
나는 그것들을 숭배한다.
많은 사람들 사이에서 자라는 나무들,
가정집 안에 심어져 있는 나무들,
크고 작은 숲 속에서 살고 있는 나무들을 숭배하며,
한 그루씩 홀로 서 있는 나무들은 더욱 숭배한다.
나무들은 마치 고독한 존재와 같다.
하지만 현실에서 벗어난 나약한 은둔자들과는 다르다.
마치 베토벤이나 니체처럼 위대하고도 고독하게
삶을 버티어 낸 사람들 같다.

고요한 몰두

당신은 꽃 한 송이를 관찰하거나 꽃향기를 맡을 때,
곧바로 그 꽃을 꺾고 짓이겨서
현미경 밑에다 가져다 대고 연구하면서
왜 그 꽃이 그처럼 젊어 보이고 그런 향기를 뿜어내는지
알아내려고 하지는 않을 것이다.
반대로 그 꽃의 색과 형태, 향기, 그 꽃이라는 존재가 지닌
고요함과 수수께끼 같은 신비로움이
당신에게 영향을 미치며 당신은 그것을 받아들일 것이다.
그리하여 당신은 그 꽃을 체험한 것만큼 풍요로워질 것이다.
그대는 고요히 그 꽃에 몰두할 능력이 생길 것이다.

하늘에 떠가는 지상의 존재

구름들은 지상의 물이며, 한 조각의 흙 그리고 지상의 물질이다.
그것들은 우리들의 눈에 띄게 위로 솟구쳐 오르면서
지상의 존재와 삶을 비가시적인 공간 속에 연결시켜 준다.
그리고 계속 생명의 흐름을 창조해 낸다.
그러므로 오후 나절 한가하게 산책을 즐기는 모든 사람들이
구름을 바라볼 때면, 태양이나, 달, 별들을 바라볼 때와는
전적으로 다른 상상과 감정이 솟아난다.

나이테의 말

나이테와 상처가 아문 자리에는
그 나무가 겪었던 온갖 투쟁, 고뇌, 아픔,
그리고 행복과 번영이 고스란히 담겨 있다.
가는 나이테는 나무가 힘들었던 해를 말해 주고,
풍성하고 굵은 나이테는
나무가 행복했던 시간을 보냈음을 말해 준다.
그렇게 나무는 한낮의 햇볕과 폭풍우의 힘든 공격을 이겨 내고
서 있는 것이다.

수필

137

그 속에서

자연을 보고 경이롭게 여김으로써,
나는 괴테뿐만이 아니라 다른 모든 시인들,
현자들과 형제가 되었다. 어디 그뿐인가.
나는 내가 경이로움을 느끼며 체험하는 자연 속의 모든 것들,
즉 나비와 풍뎅이, 구름, 강 그리고 산들처럼
생명력이 넘치는 모든 대상들의 다정한 형제가 되었다.

구름의 세계

우리들은 구름이 여행하고 투쟁하고 휴식을 취하기도 하고
축제를 벌이기도 하는 것을 바라본다.
그러면서 우리들은 꿈을 꾼다.
그 구름들의 움직임을 해석하고,
그 속에 우리 인간들의 투쟁과 축제, 여행과 유희를 비춰 본다.

숲으로 이어진 길

나에게는 인간의 정신세계가 야기하는 모든 의문점들보다도
더 이상야릇하고, 이해할 수 없으면서 매혹적인 것이 있었다.
그것은 산들이 어떻게 하늘을 향해 솟아 있고,
공기가 어떻게 소리도 없이 골짜기 속에 머물러 있으며,
노란 배나무 잎사귀들이 어떻게 가지에서 자연스럽게 떨어질까,
또 한 무리의 새들은 어떻게 푸른 하늘을 날아가는 것일까,
하는 것들이었다.

수필

· · · ·

의연하게

우리가 나무들에게 귀를 기울이는 한 그들은 우리보다 현명하다.
나무들의 속삭임에 귀를 기울이는 법을 배우면서
생각이 짧고 어린아이같이 서두르던 우리들은
더할 나위 없는 즐거움을 느낀다.
나무들이 하는 이야기에 귀 기울이는 법을 배운 사람은
더 이상 나무가 되려고 발버둥 치지 않는다.
그는 자신 이외의 다른 무엇이 되려 하지도 않는다.

이상한 욕심

이따금 씨앗을 뿌리고 수확을 할 때면,
한 순간 나의 마음속에는 땅 위의 모든 피조물 가운데 유독
우리 인간만이 이와 같은 사물의 순환에서
어딘가 제외되어 있다는 생각이 든다.
모든 생명의 덧없음을 깨닫지 못하고,
오로지 자신을 위한 특별한 것을 소유하려는
욕심이 너무나 이상하게만 여겨진다.

텅 빈 사람

자연은 어디에서나 아름답거나
혹은 어디서도 아름답지 않을 수 있다.
낯선 풍경을 자신의 것으로 만들지 못하는 사람,
어느 외국에 나가서도 따스함을 느끼지 못하는 사람,
한번 찾아갔던 장소에 대해
훗날 아무런 동경도 느끼지 못하는 사람은
내면이 텅 빈 사람이다.

나비

나비는 화병에 꽂혀 있는 꽃처럼 장식물 같다.
보석처럼 보이기도 하고, 작고 반짝거리는
예술 작품처럼 보이기도 한다.
또 아주 다정하면서도 사람을 기분 좋게 만드는
영리한 천재로 태어난 것처럼 보이기도 한다.
마치 창조자가 부드럽고 감미로운 기분을 느끼기 위해
만들어 낸 것 같기도 하다.

· · ·

즐거운 정원

덤불과 나무들도 용케 겨울을 견뎌 냈다.
나뭇가지들 위에는 갈색의 꽃봉오리들이 솟아나며
약속으로 가득 찬 미소를 짓는다.
장미 덤불들은 바람에 살랑살랑 몸을 흔들며
찬란하게 꽃필 것을 꿈꾸고 고개를 끄덕인다.
매 순간순간 모든 것들은 우리에게 다시 친근하게 다가온다.

여름의 소리

그때 들려온 여름의 음향!
그 소리를 듣고 있으면 기분이 좋으면서도 서글퍼졌다.
자정이 넘어서까지 줄기차게 지속되는 매미의 울음소리.
나는 그 여름의 음향을 너무나 사랑했다.
그것을 듣고 있노라면 마치 바다를 바라보는 듯이
나 자신을 완전히 잊을 수 있었다.
파도처럼 물결치는 이삭들이 내는 풍만한 소슬거림.
멀리 떨어져 있지만 계속 숨어 있는 나직한 천둥소리.
저녁이 되면 들려오는 모기들이 윙윙대는 소리.
멀리까지 부르르 떨리며 깊은 인상을 주는 낫의 소리.
밤이 되면 부풀어 오르는 따스한 바람과
갑자기 무지막지하게 쏟아져 내리는 소나기 소리.

수필

. . .

지나간 빛

이제 가을이 되었고, 곧 겨울이 올 것이다.
새로운 시간, 새로운 삶이 시작되는 것이다.
방 안 스탠드 불빛에 의지해 책을 읽고,
때로는 음악을 들으면서 시간을 보내는 삶 말이다.
그런 삶 역시 아름답고 내면적인 힘을 지니고 있다.

수필

. . .

숲 속 독서

방 안에서 읽는 책보다는 숲 속에서 읽는 책이
더 멋지게 다가온다는 사실을 느낄 때마다 이상한 생각이 들었다.
오래된 노래 책들과 민속 동화들도 그런 책에 속한다.
책을 읽을 때마다 늘 노랫소리로 변해 버리는 단순한 시구인데도
숲의 공기와 새들의 지저귐과 보슬거리는 바람의 소리를
다른 어떤 책들보다 더 잘 견뎌 낸다.

작은 기쁨

한 그루의 나무와 한 뼘의 하늘은 어디에서든 찾아볼 수 있다.

굳이 파란 하늘일 필요도 없다.

햇살은 어느 하늘 아래에서도 느낄 수 있을 것이다.

아침마다 하늘을 쳐다보는 습관을 가지면 어느 날 문득

우리 주변을 에워싸고 있는 공기를 느끼고,

잠에서 깨어나 일터로 향하는 도중에도

신선한 아침의 숨결을 맛볼 수 있을 것이다.

● 수필 ●

.   .   .

163

4부

낮선 행복과
안온하게

어떤 다짐

삶의 곡선이 서서히 위를 향해 올라간다.

입에서 콧노래가 술술 흘러나온다.

이제는 걸어가다가 예쁜 꽃을 보면 눈길도 주고,

지팡이를 이용해 장난도 치고, 그렇게 생동감 넘치게 살아간다.

다시 위기를 극복한 것이다.

앞으로도 위기는 다시 극복할 것이고, 더 자주 그렇게 될 것이다.

아름다운 오늘

빠르게 흘러가는 시간이
영원한 노래 가락으로 변해도
꽉 차 있는 이 잔은
절대로 변하지 않는 나의 것.

우리가 알지 못하는 것

화요일에 할 일을
목요일로 미루는 일을
한 번도 하지 못한 사람이 나는 불쌍하다.
그는 그렇게 하면 수요일이 몹시 유쾌하다는 것을
아직 알지 못한다.

시

171

파랑 나비

조그만 파랑 나비 한 마리가
바람에 나부끼며 날아간다.
진주모 색깔의 떨림이
반짝반짝 빛을 뿌리며 사라져 간다.
그토록 순간적인 반짝임으로
그렇게 스쳐 지나가는 펄럭임 속에서
나에게 눈짓하는 행복을 보았다.
반짝반짝 빛을 뿌리며 사라져 가는 행복을.

시

유년의 발걸음

그 무렵 내가 삶 속에서 내디뎠던 즐겁고 행복했던 발걸음들은,
다시 말해 진보는 깊이 생각해 보지 않고 내디뎠던 것들이었다.
자유의 왕국은 또 어찌 보면 착각의 왕국이기도 했으니까.

선한 눈빛으로

우리는 누구나,
자기의 어린 시절의 영상을 떠올릴 때면
기억의 보물 창고에서 가장 좋은 것으로
간직해 온 것에 대해 말한다.
그 영상들이 아름다운 이유는,
고향이 다른 세계보다 더 아름다워서가 아니다.
다만 우리가 작은 것에도 감사해하는 어린아이의 선한 눈빛으로
그 영상들을 처음으로 바라보았기 때문이다.
나이 든 할머니의 턱에 난 사마귀와
고향집 정원의 담장 밑에 난 구멍은,
어떤 이에게는 이 세상의 다른 어떤 것들보다도
더 아름답고 더 다정하게 느껴질 수 있는 것이다.

수필

179

Hesse
1920

그 시절로부터

이제는 너무 멀리 떨어져
마치 꾸며 낸 이야기처럼 믿기 어렵게 된 것들,
그러나 유년 시절에는 의심 없이 믿었던 것들이
다시 돌아온 것처럼 보였다.
나에게 위로가 되고, 나를 풍요롭게 해주었던 모든 것들.
아버지의 집, 어머니의 냄새, 친구들의 웃음소리,
환상적으로만 여겨졌던 미래까지.

여행의 미학

여행을 하게 되면 우리는 그 천국에 가장 가까이,
그리고 가장 순수하게 들어갈 수 있다.
미학적 훈련이 된 사람이라면
언제라도 그렇게 집중하는 것이 가능하지만
그렇지 않은 사람들이라도 지금처럼 빡빡한 일상에서 벗어나
속박 없는 시간들을 즐기면서 행복을 맛볼 수 있다.
이런 때는 아무 걱정도 없다.
우리를 속박하던 어떤 지위도,
일거리도 지금은 우리를 구속하지 못한다.

수필

닫아 놓은 문 뒤에서

우리들은 한쪽 눈을 감는다.
때로는 두 눈 다 감기도 한다.
그리고 우리들이 사는 집의 문들을 잘 닫아 놓는다.
그렇게 닫아 놓은 덧문 뒤에서
장사진을 이루는 사람들을 바라본다.
끊이지 않는 사람들의 무리가 매일같이
우리들이 사는 모든 마을을 통과하여 지나간다.
그 이방인들은 과거에
정말로 아름다웠던 풍경의 잔재 앞에 서서
깊은 인상을 받으면서 명상에 잠긴다.

손을 내민 순간

우리는 서로 사랑하고 위로하면서 살아갈 수 있다.
그리고 이따금 음울하고 어둡고 심오한 감정이
침묵의 상태에 들어가면 우리들은
더 많은 일을 할 수 있다.
그때 우리는 한순간이나마 신이 될 수 있다.
즉 손을 내밀어 명령을 하고
전에는 존재하지 않았던 것들을 창조해 낸다.

어딘가에

인생의 사막에서 나는 정처 없이 방황하며
무거운 짐에 겨워 신음한다.
그러나 거의 잊어버렸지만 어딘가에
시원하게 그늘지고 꽃이 만발한 정원이 있음을
나는 안다.

그러나 아득히 먼 꿈속 어딘가에
영원한 안식처가 기다리고 있음을 나는 안다.
그곳에서 영혼은 다시 고향을 찾고
영원한 잠, 밤 그리고 별이 기다리고 있음을
나는 안다.

내 인생은

인간의 삶에서 피할 수 없는 것은
받아들이기 위해 의식적으로 노력하고,
선하고 악한 것을 제대로 느끼며,
겉으로 보이는 것 말고도 내면적이고 실질적이며
우연이 아닌 운명을 감당하는 것이
인생을 결정짓는 중요한 기준이라면
내 인생은 별로 불쌍하지도 나쁘지도 않았다.

우울 속 빛

슬픔에 잠긴 채 혼자 멀리 떨어져 있다면
가끔은 아름다운 시의 구절을 읽고,
즐거운 음악을 들으며, 수려한 풍경을 둘러보고,
당신 생애에 가장 순수하고 행복했던 시간을 떠올려 보라!
당신이 간절한 마음을 담아 그렇게 했다면
곧 기분 좋은 시간이 찾아올 것이며, 미래는 든든하게 여겨지고,
삶은 어느 때보다도 사랑스러워 보이는 기적이 일어날 것이다!

영혼의 흐름

자기 마음속에 개울과 계곡을 품고
그 소리에 귀 기울이는 것은
가능한 한 충실하고 정확하게
자신의 영혼이 움직이는 모습을 보는 사람이라야
그 의미를 알 수 있게 된다.

· · ·

불행에서 멀어지기

멀찌감치 떨어져서 내 인생을 바라보면
나는 그다지 행복해 보이지 않는다.
그런데 또 착각인지는 몰라도 그렇게 불행했던 것 같지도 않다.
사실 행복과 불행에 대해 묻는 것은 아무 의미도 없다.
누구나 인생을 돌아보면 즐거웠던 날보다
불행했던 날이 더 오래 기억되기 때문이다.

영원의 품

죽음을 이토록 가까이 행복을 이토록 멀리 느끼고
순수함과 빛 그리고 쾌유를 애타게 갈망한다.
그러나 우리 발밑에는 대지가 충실하게
제자리를 지키면서
어머니처럼 묵묵하게 자연을 다스리고
씨앗과 새싹으로 자신의 영원한 생성을 표현한다.

비교할 수 없는 즐거움

가장 즐거웠던 날!
웃음이 절로 나온다.
기분이 좋고, 어느 때보다 순수하고
고귀한 순간들이 차곡차곡 쌓여 있는
내 기억 속에는 열 개, 백 개,
아니 그보다 훨씬 더 많은 것들이
나름대로 아름답고,
그 어떤 것과도 비교할 수 없는
즐거움으로 가득 차 있다.

행복

행복을 찾아 헤매는 동안
그대는 행복해질 준비가 되어 있지 않다.
모든 것은 당신이
가장 소중하게 생각하는 것이 될 수 있다.

이미 잃어버린 것을 안타까워하는 동안
당신은 목표를 갖고 쉼 없이 달리지만
무엇이 평화인지 알지 못한다.

모든 소원을 접어 두고
어떤 목표나 열망을 알지 못하고
행복에 대해 더 이상 말하지 않으면

일어났던 수많은 일들이
당신의 마음을 괴롭히지 않고,
당신의 영혼은 쉴 수 있게 되리라.

순수

우리들의 마음은 원초적인 것, 영원해 보이는 것을 향해서
애정을 가득 간직하고 기꺼이 다가간다.
마음은 파도치는 듯한 박자로 움직이며,
바람으로 호흡하고, 구름과 새들과 더불어 날아오른다.
그리고 빛과 색채와 음향의 아름다움에 대해
애정과 감사를 느낀다.

5부

혼자 걷는
길 위에서

시선

지금과는 다른 모습으로 살아야 할 것만 같았다.
하늘이 있는 풍경으로 더 자주 시선을 옮기고,
나무가 있는 자연으로 더 자주 발걸음을 하며,
자기 자신만을 위한 시간을 더 확보하며,
아름다움과 거대함의 비밀을 느낄 수 있도록
좀 더 가까이 다가가는 것 말이다.

한 편의 일기

온 세상은 꿈꾸고 있는 내 영혼에
약한 통증으로 존재하는 것 같다.
그곳에는 힘과 동요가 있지만 서로 부대끼기도 하고
서로 아귀가 맞지 않아 어색함을 느끼기도 한다.
세상은 아름답고 정열적으로 돌아가지만
그 축은 흔들리며 검은 연기를 뿜어낸다.

자기만의 길

요즘에는 많은 사람들이 일간지를 하루라도 읽지 않으면
큰일이라도 벌어질 것처럼 생각하지만
나는 유행이나 관습에 휩쓸리지 않고
자기만의 길을 가는 사람들을 몇 알고 있다.
그들이 그런 결정을 내린 것은 용기가 필요한 일이지만
그들은 그런 용기를 낸 것에 대해 후회하지 않는다.

수필

· · ·

함께 사는 일

나에게는 개별적인 것을 신성화하는 일은 소중하지 않다.
오히려 내게는 사랑과 아름다움과
질서가 지배하는 삶이 소중하다.
그것은 함께 사는 일이다.
모두가 함께 살 때에 사람은 가축이 되지 않아도 된다.

최초의 발견

중요한 것은 그대가 생각한 무엇을
이미 다른 사람이 생각했는가가 아니다.
그 생각이 그대에게 무언가를 일깨워 주는
체험이 되었는가 하는 것이 중요하다.

수필

•   •   •

비로소

우리는 적어도 한 번은
스스로가 가지고 있는 판단 기준을 버리고
자기 자신을 있는 그대로 바라보아야 한다는 것이다.
무의식의 표현이 우리에게 보여주고 있는 그대로,
도덕심이나 의협심, 혹은 근사한 겉모습 따위는
모두 떨쳐 버리고
우리의 충동과 욕구, 불안, 고통을
있는 그대로 바라보는 것 말이다.
그것이 이뤄졌을 때 우리는 원점으로 돌아가
비로소 우리가 살아 내야 하는
실제의 삶을 위한 가치관을 세우고,
긍정과 부정, 선과 악을 명확하게 구분하며
규율과 금지 사항을 정하고자 노력해야 하는 것이다.

본연

그 시들을 쓰던 당시만 하더라도 나는
젊은이다운 성향과 이상을 지니고 있었으며
정직한 것보다는 무언가에 탐닉하는 것과
이상주의에 더 관심이 많았다.
그래서 그 당시에는 삶을 밝고 긍정적인 것으로 보았던 반면,
지금의 나는 삶을 사랑하지도 부정하지도 않고
그저 받아들일 뿐이다.

작은 사물

나는 혼자 살고 있다.
그래서 사람들을 만나는 대신에
작은 사물들과 일상적인 교류를 나눈다.
산책을 나갈 때 가지고 가는 지팡이,
우유를 마실 때 쓰는 찻잔, 책상 위에 놓여 있는 꽃병,
과일이 담긴 그릇, 재떨이, 녹색 갓을 쓴 책상 전등,
인도에서 가져온 청동으로 만든 크리슈나 신상,
벽 위에 걸린 그림들, 이런 작은 물건들이
나와 친분을 나누는 것들이다.
그중에서 가장 좋은 것을 말하자면
나의 작은 아파트의 벽을 가득 채우고 있는 많은 책들이다.

할아버지의 낡은 책장

할아버지의 널찍한 서재 안에는
엄청나게 크고 무거운 책이 한 권 있었다.
나는 종종 그 책을 뒤적거리면서 읽어 나갔다.
그 안에는 무궁무진한 것들이 들어 있었으며,
놀랄 만큼 멋진 오래된 그림들도 들어 있었다.
그런 것들은 내가 책을 펼치자마자,
혹은 책장을 몇 장 넘긴 후에 바로 나타났고,
마치 나를 그 세계로 초대하는 듯이 강하게 끌어당겼다.
그런데 어떤 때는 아무리 오랫동안 찾아도 보이지 않았다.
마치 마법에 걸린 듯이,
아니면 전혀 존재한 적조차 없었던 듯이
어디론가 사라져 버리고 없었다.

이어 가기

우리는 하루하루 살면서 벌어지는 수많은 사소한 일들과
그로 인해 얻은 작은 기쁨들을 하나하나 꿰어
우리의 삶을 엮어 나간다.
시간이 부족하다며 늘 전전긍긍하고,
재미있는 일이 없다며
항상 따분해하는 사람들에게 알려 주고 싶다.
날마다 벌어지는 사소한 기쁨들을 가능한 한 많이 경험하고,
거창하고 짜릿한 쾌락은 휴가를 즐길 때나
특별한 시간을 보낼 때 조금씩 맛보는 것이 더 좋다는 것을.

고요 속에서

따뜻하고 사랑스러운 눈빛으로 사물을 바라볼 줄 알며,
정신적인 아픔을 이해하고 인간적인 취약점을 감싸 주는 것은
참담한 고요 속에서 누군가의 방해도 받지 않고
온전히 혼자만의 생각에 잠겨 있는 외로운 시간을
보내 본 사람만이 할 수 있다.

자연과 제도

나는 사람들이 서로 여기저기 경계를 긋고
적대하던 전쟁으로 인해 마음에 큰 상처를 입었고
그것을 피해 나만이 간직한
저 환상의 세계로 빠져 들어갔다.
환상 속에서는 고향이 민족보다 더 의미가 있었다.
그리고 인간성과 자연이 경계나 제복, 세관, 전쟁 따위보다
더 가치가 컸다.

생각 속 도피

나는 그림을 그리거나 글을 쓰다가도,
혹은 깊은 생각을 하거나 책을 읽다가도,
일이 잘 풀리지 않거나 피곤해질 때면 발코니에 나가
나를 올려다보는 나무들을 바라보면서 기분 전환을 했다.

애정 어린 삶

나는 전적으로 삶을 신뢰했고 그 마음이 변치 않기를 바랐다.
살아가기 위해서는 삶을 향한 신뢰가 중요한 것을 깨닫고
삶을 사랑하게 되었다.

항해

점점 고립되는 것 같지만 물러서지 않고 계속 전진하고,
인습이나 전통 따위에 얽매이지 않는 사람은
그 어떤 것으로도 해결할 수 없는 질문과 의심을 갖게 된다.
하지만 그는 오랜 관습이 무너진 무대 뒤에
쓸쓸한 진실이 얼굴을 드러내는 것을 더 많이 보거나
적어도 그럴 것이라는 사실을 예상할 수 있게 된다.
자기 자신에 대한 심층적인 분석이 이뤄져야만
세계의 한 부분일지라도 진정으로 체험하고,
거기서 전해지는 생생한 감정을 느낄 수 있는 것이다.

편지

나는 지난 몇 해 동안
위로와 조언 혹은 약간의 물질적인 도움으로
상황을 어느 정도 경감시킬 수 있는
어려움이 닥쳤을 때를 대비해서
넉넉한 마음과 이해심을 조금씩 비축해 두었다.
그러자 정신적으로 혹은 도덕적으로
자신들을 뒷받침 해 줄 것을 부탁했던 편지들은
나 자신이 슬픈 시절을 보내게 되었을 때
비로소 진정으로 이해될 수 있는 내 경험이 되었다.

나의 세계

이곳에서는 빛조차도 한 가지 색이 아니라
수많은 색채를 띠고 있었다.
한마디로 말해서 삶은 풍요롭고 무수한 소리들을 지니고 있었다.
그런 것들은 아름다워 보였고 내 마음에 쏙 들었다.
그러나 더 아름다운 것은
내 소망과 생각들이 담겨 있는 세계였다.
내 머릿속은 한낱 백일몽에 불과할지도 모르는 상상으로
늘 즐거운 것이 넘쳐났다.

유영하는 사랑

나는 연애편지를 쓰듯이
내 마음을 이곳에 두고 떠나지는 않을 것이다.
아, 아니다. 내 마음을 가지고 떠나야 한다.
저 알프스를 넘어가서도 언제든지 그 마음이 필요할 것이다.
왜냐하면 나는 농부가 아니라 유목민이기 때문이다.
예측할 수 없는 모든 것에 대한 환상이 나를 사로잡는다.
내 사랑을 지상의 어느 한 곳에 머물게 하고 싶지는 않다.

홀로서기

사람은 혼자 우주에 매달려 있는 한
축복 속에 살아 숨 쉬며 축복 속에 죽어 갈 수 있다.
외부로부터 찾아오는 안식은 없다.

수필

247

빛을 보고자 한다면

인간은 궁극적으로 '건강'해질 수 없으며
고통으로부터 자유로울 수도 없다.
물론 내게도 고통이 없는 날이란 드물다.
그래도 우리는 우리 앞으로 다가올 것들에 또다시
호기심을 갖기 시작하고 운명을 사랑하게 된다.
다시 밝은 빛을 보고자 한다면
슬픔과 절망을 뚫고 나아가야만 한다.

우리에게 부족한 것

오늘날 우리의 삶에서는 일과 돈이 유일한 우상인 것과 반대로
찰나적인 유희를 즐기는 성향이나 우연에 대해 개방적인 태도,
변덕스러운 운명에 대한 신뢰가 더 필요하다.
우리 모두에게는 바로 그와 같은 것들이 결여되어 있기 때문이다.

시간의 균형

나는 가끔 생각한다.
저울이 균형을 잃어서 나쁜 시간을 감당해 내기에는
좋은 시간은 너무 조금 있으며, 너무 드물게 찾아온다고 말이다.
때로는 좋은 시간이 더 많이 늘어나고, 나쁜 시간은 줄어들어서
그 반대의 현상이 일어났다고 느끼기도 한다.

찬란한 빛을 따라

나는 많은 길을 돌아오더라도 다시 걸을 것이다.
수많은 것들이 이뤄지겠지만 그것들은 나를 또 실망시킬 것이며
모든 것들은 그 의미가 드러날 것이다.
그 끝에 모든 갈등이 해소되고
깨달음을 얻는 열반의 경지에 이를 것이다.
나에게는 아직도 환하게 불타오르는 빛이 있다.
꿈꾸고 소망하는 것을 바라보며
강한 애착을 간직한 별들이 발산하는 찬란한 빛이.

밤 그리고 별이 기다리고 있음을 나는 안다

찬란한 은둔자 헤르만 헤세, 그가 편애한 문장들

초판 1쇄 발행   2024년 6월 30일

지 은 이   헤르만 헤세
펴 낸 이   한승수
펴 낸 곳   문예춘추사

편   집   구본영
디 자 인   박소윤
마 케 팅   박건원, 김홍주

등록번호   제300-1994-16
등록일자   1994년 1월 24일
주   소   서울특별시 마포구 동교로 27길 53, 309호
전   화   02 338 0084
팩   스   02 338 0087
메   일   moonchusa@naver.com

I S B N   978-89-7604-669-7   03850